La producción de este libro ha sido posible gracias a la ayuda de la Fundación para la Producción y Traducción de obras de Literatura Neerlandesa.

Coordinación editorial: M.ª Carmen Díaz-Villarejo
y Roberto Aliaga por la adaptación del texto
Diseño de colección: Gerardo Domínguez
Maquetación: Macmillan Iberia, S.A.
Título original: *Het Snoepprinsesje*
Traducción del neerlandés: Nadine Beliën

c/ Capitán Haya, 1 – planta 14. Edificio Eurocentro
28020 Madrid (ESPAÑA). Teléfono: (+34) 91 524 94 20
www.macmillan-lij.es

ISBN: 978-84-7942-907-2
Impreso en China / *Printed in China*

GRUPO MACMILLAN: www.grupomacmillan.com

*Para mi padre, Otto Jaquet,
que ideaba las historias más hermosas
y ha sido mi fuente de inspiración
para este libro.*

Gertie Jaquet

¡QUÉ PRINCESA TAN GOLOSA!

MACMILLAN
Infantil y Juvenil

En un inmenso palacio,
con más de cien
habitaciones,
vivía una princesa.

Se llamaba Malena, pero todos la llamaban Madalena, porque era dulce y rechoncha como una peonza.

Sus padres, la reina y el rey, le daban todo lo que les pedía. Como a Madalena le encantaban los dulces, tenían un montón de habitaciones dedicadas a las golosinas. La princesa se pasaba el día recorriendo el palacio.

Cuando terminaba con las habitaciones de abajo, empezaba con las de arriba.

Normalmente, comenzaba por
la habitación de la puerta dorada
con una “R” de color negro.

Era la habitación del regaliz. Por el suelo había montañas de regaliz con forma de gatitos, botones y animales feroces…

Había cajas con regaliz inglés, regaliz extrasalado y otros recién inventados.

Sobre la mesa, Madalena tenía tarros con regaliz en forma de llave, chupachús con sabor a regaliz, y barras de regaliz enrollable. Y colgando del techo, había regaliz en cestas que parecían macetas.

Después de pasar una hora comiendo regaliz, Madalena se iba corriendo a la habitación de los caramelos. La puerta estaba pintada de rosa y tenía una "C" de color burdeos.

Allí se atiborraba de caramelos amarillos, naranjas, rojos y violetas. También tenía palos de caramelo y piruletas.

Pero no se conformaba con saborearlos tranquila. ¡Qué va! Los devoraba a mordiscos para irse enseguida… ¡a la habitación del chocolate!

Era la que más le gustaba a Madalena. Entraba como una bala por la puerta marrón con una “CH” de color lila, y se hinchaba a comer tabletas y bombones, trufas y chocolatinas.

En el calendario de Adviento,
siempre eran de chocolate
las letras del alfabeto;
y el Domingo de Pascua,
los huevos y los conejos.

Y si le daba sed, se tomaba un batido de chocolate con miel.

Ch

Como el chocolate es primo de las galletas,
Madalena también tenía una habitación dedicada a ellas.

En la puerta colgaba un corazón con una letra "G", y dentro tenía las más sabrosas galletas: de canela, de mantequilla, bizcochitos de huevo, bizcochos de soletilla, mantecados y rosquillas.

A Madalena le encantaba esta habitación, pero lo que más le gustaba era bajar al sótano del palacio, donde el pastelero real preparaba pastas sin parar.

Madalena se ponía a su lado y, aún calientes, se las iba comiendo de un bocado.

Después de las galletas, Madalena abría una puerta blanca con una M de color verde: la habitación de los caramelos de menta.

El rey siempre decía “La menta es buena para la digestión”. Por eso la princesa se tragaba al menos diez paquetes de caramelos de menta, una bolsita de gominolas verdes y masticaba varios chicles de mentol y eucalipto en un visto y no visto.

De postre se comía una tarta gigante,
de las que guardaba en su nevera más grande,
tres polos y un helado de turrón.

Y antes de irse a la cama, se ponía el bañador y se metía en la piscina real con una cuchara, ¡porque estaba llena de mermelada!

Después de darse una ducha y secarse el pelo, la princesa se ponía el pijama y se sentaba en su habitación para buscar fotos de golosinas en el ordenador.

Todos los niños saben que tanto dulce no es bueno para la salud.

Y no es de extrañar que la princesa Madalena no parara de engordar.

Semana tras semana había que coser nuevos vestidos porque los reventaba.

Un día, incluso tuvieron que ensanchar todas las puertas para que Madalena pudiera pasar. Y ya casi no le daba tiempo de recorrer las habitaciones de su palacio, porque cada vez caminaba más despacio. Una noche, la reina entró en su habitación para darle un beso y se encontró a Madalena llorando.

—Bollito mío, ¿qué te pasa? –preguntó la reina.

—Que estoy muy gorda, y muy cansada –sollozó la princesa.

En ese momento, la reina se dio cuenta de que algo había que hacer... Y mejor antes que después.

TV
Radio
Internet

La reina y el rey estuvieron toda la noche hablando del asunto. Al día siguiente convocaron a sus ministros y decidieron organizar un concurso.

El ganador podría pedir un deseo. Y no iba dirigido solo a los príncipes, sino a todo el que quisiera participar, sin importar el sexo y la edad.

Se colgaron carteles y era el tema de conversación en radio y televisión. Todo el mundo hablaba de la princesa: ¿quién sería capaz de hacerla adelgazar?

Al día siguiente, llamó a la puerta del palacio un señor que había inventado un caramelo adelgazador. El rey se acercó hasta su furgoneta y se los dio a probar a la princesa.

—Estos caramelos no me gustan –dijo Madalena–, saben mal.

—Lo lamento, caballero –sentenció el rey–, se ha quedado sin deseo.

Después apareció por la calle un hombre con un carrito lleno de espejos.

—Son espejos deformantes, de los que hay en las ferias –explicó–. Hacen la imagen alargada. Si los colocamos por todo el palacio la princesa se verá más delgada.

Pero Madalena se enfadó muchísimo:

—¡Que no me tomen el pelo, papá! –dijo–. ¡Eso no funcionará!

Acudieron personas
de todos los rincones del país,
e incluso de más allá de las fronteras,
para hacer adelgazar a Madalena.

Le llevaban bañadores estilizantes,
dietas equilibrantes, pociones mágicas,
pastillas y pomadas.

Incluso hubo un médico americano
que le propuso una operación, pero el rey
se negó en redondo: ¡No, no y no!

Y mandó a casa al médico en el primer avión.

La familia real se sentía cada vez más apenada. La princesa no adelgazaba.

Una mañana llegó un muchacho
con un montón de trastos:

"Me llamo Ramón y hago música,
su palacio tiene muy buena acústica.
Si la princesa Madalena se pone a bailar,
ya no tendrá tiempo para zampar. ¡Yeah!"

Fue derecho hacia la sala del trono,
vació su maletones y, al cabo de un momento,
su música resonaba por todos los rincones.
A la princesa le gustó tanto que enseguida
se puso a bailar. Y bailó todo el día,
hasta que cayó rendida.

A la mañana siguiente,
la música la despertó
a las siete y,
de nuevo,

Madalena no paró de bailar
en toda la jornada.

Al cabo de una semana,
hubo que estrechar toda
su ropa porque estaba
mucho más delgada.

Todos los días, al terminar el desayuno, Ramón aparecía.

El chico ponía sus discos y cantaba todo lo que la princesa pedía.

Y ella bailaba de sol a sol, contenta como una flor.

Ramón y la princesa
se hicieron
muy amigos.

—¿Por qué
seguir comiendo
a boca llena? –pensaba
Madalena–. Bailo mucho mejor
si no estoy tan rellena.

Así que sacó la mermelada de la piscina y repartió sus golosinas entre los niños del país.

—Y no quiero que Ramón se vaya de aquí… –dijo, feliz.

—Ha logrado que adelgaces bailando –sentenció el rey–. Así que ha ganado el concurso. Suyo es el premio, y verá cumplido su deseo.

Y Ramón se puso a rapear:

"Lo que que siempre he deseado
está aquí al lado.
Siento una gran ternura
por la princesa y por su dulzura.
Oh, Madalena, por favor,
tú eres mi gran amor.
Así que te lo digo:
¿Te quieres casar conmigo?"

Madalena se sonrojó y le dio un beso a Ramón.

"Claro que sí, mi tesoro,
porque yo te adoro. ¡Yeah!"

En el palacio hubo una gran fiesta que duró varios días.

Se bailaba y se cantaba, se comía y se bebía. Y también hubo golosinas, pero en su justa medida.

Malena y Ramón
vivieron felices
y comieron
perdices.

E hicieron del palacio un salón de baile, para que todo el mundo pudiera bailar siempre que quisiera, sin importar la hora que fuera.

Al cabo de unos años, tuvieron tres hijas y dos hijos. Y las habitaciones de golosinas se convirtieron en los dormitorios de los niños.

La habitación del regaliz fue para Ramoncín, la habitación de los caramelos para Carmelo, la habitación del chocolate para Charlotte, Gabriela se quedó con la de las galletas, y Marieta con la de la menta.

Y todos aprendieron a bailar antes que a andar.

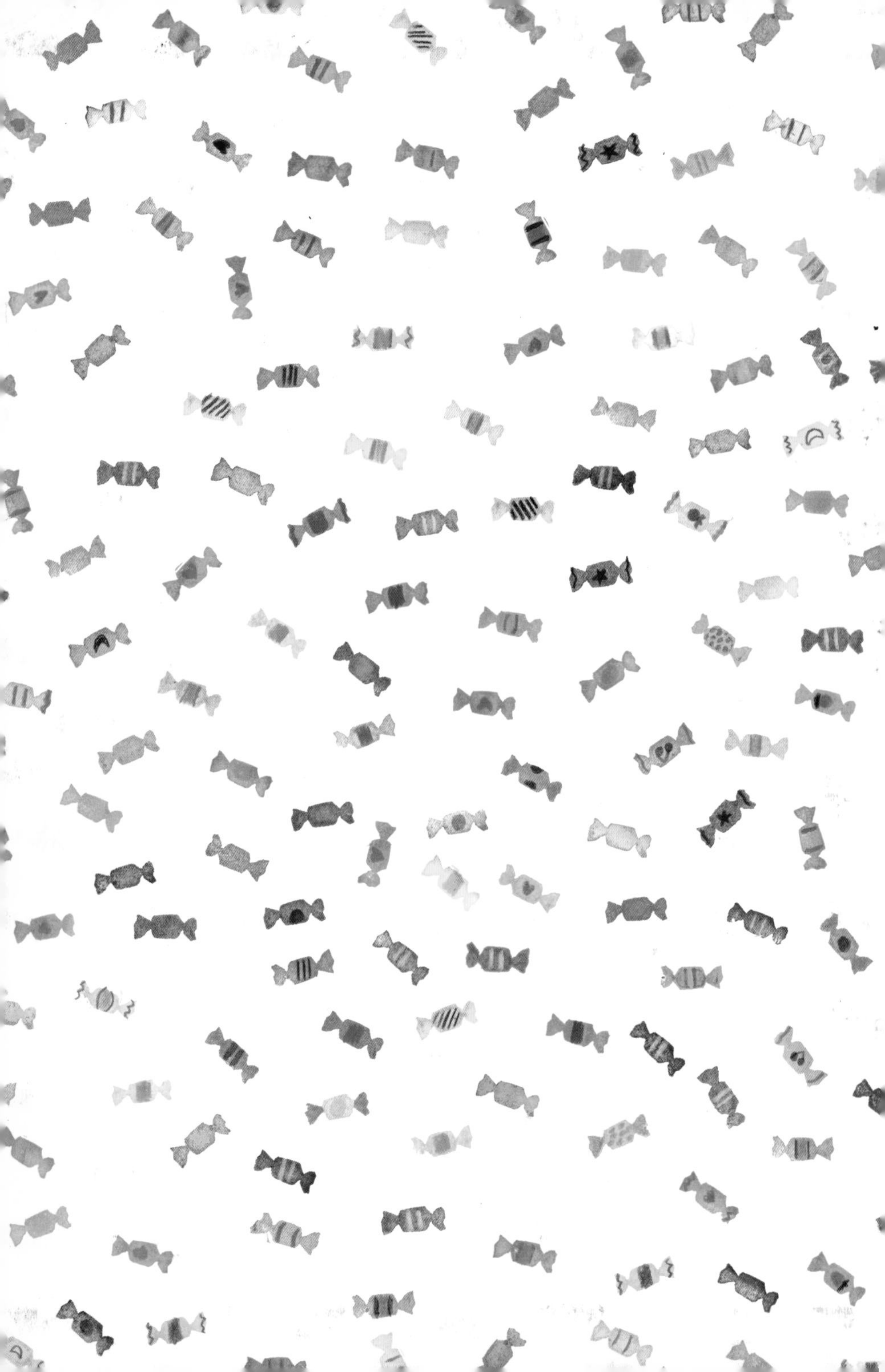